BIBLIOTHÈQUE
DU THÉÂTRE MODERNE

LES

BALAYEUSES

COMÉDIE EN UN ACTE

Mêlée de chants

DE

M. MARC MICHEL

Représentée pour la première fois, à Paris, sur le théâtre des Variétés
le 20 mars 1863.

PARIS

E. DENTU, ÉDITEUR,

LIBRAIRE DE LA SOCIÉTÉ DES GENS DE LETTRES

Palais-Royal, 13-17, galerie d'Orléans

Et à la LIBRAIRIE CENTRALE, 24, boulevard des Italiens

1863

LES

BALAYEUSES

COMÉDIE EN UN ACTE

Mêlée de chants

DE

M. MARC MICHEL

Représentée pour la première fois, à Paris, sur le théâtre des Variétés
le 20 mars 1863.

PARIS

E. DENTU, ÉDITEUR

LIBRAIRE DE LA SOCIÉTÉ DES GENS DE LETTRES

PALAIS-ROYAL, 13 ET 17, GALERIE D'ORLÉANS

Et à la LIBRAIRIE CENTRALE, boulevard des Italiens, 24.

—

1863

Tous droits réservés

PERSONNAGES

CHAVAROL, rentier, 38 ans ... *	MM.	GRENIER.
ALFRED DUBOULOIS, artiste peintre......................		CHRISTIAN.
JOSEPH, domestique...........		HITTEMANS.
MADAME MARENDOCHE	Mme	JULIETTE PELLETIER.
ZOÉ, sa fille..................	Mlle	CARRETIER.
EVELINA TIKTON, anglaise, 30 ans	Mme	ULRIC LEJARS.
ATHÉNAIS, couturière..........	Mlle	KELLÆR.

La scène à Paris, chez Chavarol.

---

* Ce rôle appartient à l'emploi des premiers comiques,

LES
BALAYEUSES

Un petit salon confortablement meublé. — A gauche, premier plan, cheminée. Entre la cheminée et la porte de gauche, un petit guéridon avec cuvette et pot à l'eau. En face et à gauche de la porte principale, qui s'ouvre sur une antichambre, une applique de bibliothèque. A droite de cette porte et aussi en face, une console sur laquelle sont des assiettes, carafes, bouteilles, verres. A droite, au deuxième plan, une porte; au premier plan un buffet. A droite sur le devant une table, une chaise à gauche de la table. — Chaises, fauteuils, quelques cadres. Sur une chaise à gauche, sur le devant une redingote, un gilet, une cravate.

SCÈNE PREMIÈRE

JOSEPH, seul.

(Au lever du rideau, il entre en scène par la porte de droite. Il tient un plat à barbe et tout ce qu'il faut pour faire la barbe.) Il est neuf heures... Monsieur n'est pas encore levé... dépêchons-nous de le réveiller... (Il va à la porte de gauche, frappe et appelle.) Monsieur...Eh ! monsieur... monsieur ! (Ecoutant.) Il ne bouge pas...

je n'entends rien... (Frappant de nouveau.) Eh ! monsieur...
monsieur Chavarol !...

VOIX DE CHAVAROL dans la chambre.

Qui est là ?... Que me veut-on ?...

JOSEPH, à lui-même.

Que me veut-on est joli !... (Haut.) C'est moi... Joseph...
Vous m'avez recommandé de vous éveiller à neuf heures... Il
les est !... levez-vous !...

VOIX DE CHAVAROL.

Voilà !... on y va !... Tu m'ennuies !...

JOSEPH, à lui-même.

Allons !... bien !... Quand je ne l'éveille pas, il me gronde...
quand je l'éveille, il me bourre !... Ne le laissons pas se ren-
dormir... (Il tape et tambourine sur la porte.) Holà !... hé !...
monsieur... monsieur... monsieur !...

SCÈNE II

CHAVAROL, JOSEPH.

CHAVAROL, en robe de chambre, coiffé d'un foulard. Il ouvre brusquement la porte, et entre en donnant une bourrade à Joseph.

Animal !...

JOSEPH, se frottant l'épaule.

Là !... qu'est-ce que je disais...

CHAVAROL, passant à droite.

Qu'as-tu donc à tambouriner comme cela ?...

JOSEPH.

Mais, hier soir, monsieur m'a expressément recommandé...

CHAVAROL, se souvenant.

C'est vrai... Diable ! je n'y pensais plus... C'est aujourd'hui...
— Joseph, tu as parfaitement bien fait... Ne perdons pas de
temps... dépêche-toi de me faire la barbe... (Il s'assied près de la
table.)

JOSEPH, posant le plat à barbe, etc., sur la table.

J'ai justement là tout ce qu'il me faut.

CHAVAROL.

Et rase-moi de près....de très-près... entends-tu ?...

JOSEPH, nouant la serviette au cou de son maître.

Oui, monsieur... Il paraît que monsieur attend du monde ce matin ? (Il fait mousser le savon.)

CHAVAROL.

Oui, Joseph... Et tu ne devinerais jamais qui j'attends...

JOSEPH.

Votre notaire ?

CHAVAROL.

Non !... Je ne me ferais pas raser de si près pour mon notaire.

JOSEPH.

C'est juste... Alors?... (Il repasse le rasoir.)

CHAVAROL.

Tu sais, Joseph... qu'avant d'être un rentier, très à mon aise... possédant quinze bonnes mille livres de revenu...

JOSEPH, le rasant.

C'est un joli lopin !

CHAVAROL, continuant.

Je n'étais qu'un simple employé dans les Gaz-réunis, aux appointements de 2,400 francs par an...

JOSEPH.

Monsieur, je l'ignorais. (Il essuie le rasoir.)

CHAVAROL.

Eh bien ! je te l'apprends... je ne suis pas fier... (Reprenant.) Lorsque, il y a trois ans, j'eus le malheur de perdre une vieille parente, ma tante Rabotin, qui me laissa pour tout héritage quelques vieux terrains, quelques vieilles bicoques, situés dans le quartier Popincourt...

JOSEPH.

C'était maigre. (Il repasse le rasoir sur sa main.)

CHAVAROL.

Ça ne valait pas quatre sous... Mais peu de temps après, grâce au tracé du boulevart du Prince-Eugène, et grâce au jury d'expropriation... j'eus l'agrément d'être débarrassé de mes vieux terrains et de mes vieilles bicoques, moyennant le prix modeste de 345,000 francs !

JOSEPH, rasant.

Quelle chance!.. Ah!... je voudrais bien avoir aussi une tante Rabotin!...

CHAVAROL.

Cest-à-dire que tu voudrais... l'avoir eue.

JOSEPH.

C'est ce que je voulais dire...

CHAVAROL.

Tu comprends, Joseph... que je quittai aussitôt mes Gaz-réunis...

JOSEPH.

Parbleu!... (Il s'arrête.)

CHAVAROL.

La première année, le soin de mes affaires, les avocats à voir, à presser, ne me laissèrent pas une minute à moi... Mais quand j'eus touché mes fonds... une fois qu'ils furent bien placés en bonnes rentes sur l'État... n'ayant plus d'occupations, plus de tracas, de soucis... je commençai à m'ennuyer... Oh! mais... à m'ennuyer...

JOSEPH.

Moi, monsieur, si je n'avais rien à faire... je sais bien ce que je ferais pour me désennuyer.

CHAVAROL.

Et que ferais-tu?

JOSEPH.

J'apprendrais à jouer de la flûte. (Il se remet à raser.)

CHAVAROL.

C'est un moyen... mais j'en trouverai un autre... Je songeai à me marier...

JOSEPH, avec un mouvement de surprise.

Ah! bah!

CHAVAROL, jetant un cri et se levant. Il passe à gauche.

Ah!... sapristi!... maladroit!...

JOSEPH.

Quoi donc?

CHAVAROL.

Tu m'as coupé.

JOSEPH, tamponnant la joue.

Oh! presque pas.

CHAVAROL, contrarié.

Cela se verra.

JOSEPH.

Non, non, monsieur... C'est recollé... (Tandis que Chavarol s'essuie le visage au guéridon et s'apprête à achever de s'habiller.) Ah ! monsieur va se marier ?

CHAVAROL.

C'est-à-dire que je le serais déjà depuis six mois, sans une mode odieuse, exécrable, agaçante... (Il revient en scène et lui donne sa serviette.)

JOSEPH, étonné.

Quelle mode, monsieur ?

CHAVAROL, gaiement.

Tu sais bien, ces robes traînantes que portent les dames aujourd'hui, et qui balayent parfaitement le bitume des trottoirs...

JOSEPH, pliant la serviette.

Et le macadam des chaussées....

CHAVAROL.

Si bien, que les employés de la ville n'auront bientôt plus qu'à se croiser les bras... et à regarder passer ces robes.

JOSEPH.

Le fait est qu'elles font leur ouvrage gratis !... Quélle drôle de mode, monsieur !...

CHAVAROL.

Eh bien !... c'est à une robe de cette espèce... une de ces robes... balayeuses... que je dois d'avoir manqué mon mariage...

JOSEPH.

En vérité, monsieur ?...

CHAVAROL, gaiement.

Ma future... une élégante... en portait une des plus exagérées... un balai de première catégorie... Nous nous promenions un jour aux Tuileries... Le papa, un gros banquier, marchait devant avec sa femme... une grosse banquière... Moi, j'allais derrière, ma future au bras... et je lui contais... des choses aimables...

JOSEPH.

J'en crois monsieur bien capable.

CHAVAROL.

Tu es trop bon. — Tout à coup, ma fiancée jette un cri. — Ah!... — Qu'est-ce que c'est?.... C'était un promeneur qui, par mégarde, avait posé le pied sur l'appendice caudal de sa robe de mousseline et y avait produit une ouverture à faire passer un bœuf!...

JOSEPH.

Ah! mon Dieu!...

CHAVAROL.

« Ah! mon Dieu!... » ce fut mon cri... pendant que le monsieur s'éloignait en se confondant en excuses... — Eh bien? me dit ma future en me regardant fixement. — Eh bien! mademoiselle... voilà l'inconvénient de porter des robes trop longues!... — Comment! voilà tout? — Quoi? — C'est bien, monsieur... c'est bien, me dit-elle avec dépit... en quittant brusquement mon bras... et en allant s'accrocher à celui du gros banquier... qui me déclara d'un ton sec que jamais sa fille n'épouserait un homme qui ne savait pas la défendre contre les insultes des passants. (Il passe à droite.)

JOSEPH, ébahi.

Une insulte?...

CHAVAROL, se retournant vers Joseph, et riant.

Voilà! Ils se figuraient tous que j'allais provoquer ce monsieur, le souffleter, le massacrer, ou me faire massacrer par lui... parce qu'il avait rencontré sous son pied un demi-kilomètre de superflu de robe! — Comment trouves-tu ça, toi?

JOSEPH, riant aussi.

Ah! c'est fort!...

CHAVAROL, qui pendant ce récit a mis sa cravate, son gilet,
tandis que Joseph a rangé le plat à barbe, etc.

Donne-moi mon habit... (Joseph va le prendre sur une chaise et le lui apporte. — Chavarol pose son pet-en-l'air sur la chaise, près de la table.)

JOSEPH.

Et comme ça, monsieur ne se marie plus?

CHAVAROL.

Si fait, parbleu!... mais cette fois, je n'épouse plus une élégante... une esclave des modes ridicules... (Joseph, en lui mettant son habit, reprend la droite.) Mon notaire m'a trouvé un parti dans une petite ville de province... à Château-Chinon... la fille de madame Marendoche, riche propriétaire...

JOSEPH, qui a pris le pet-en-l'air et le plie, s'asseyant
sur la chaise de droite.

Ah! oui-dà, oui dà !

CHAVAROL.

Je suis allé les voir, cela s'est arrangé tout de suite... car elles désirent fort venir habiter Paris... Elles sont arrivées d'hier soir, elles ont couché à l'hôtel...

JOSEPH, s'étalant sur la chaise et approuvant familièrement.

Ah! oui-dà, oui-dà !...

CHAVAROL, s'apercevant qu'il a poussé trop loin ses confidences,
et faisant lever Joseph. Joseph passe à gauche.

Eh bien! qu'est-ce que tu fais-là ?... (Le grondant.) Ah ça! mais, je ne sais pourquoi tu te permets d'écouter tout cela, toi... un domestique !... Est-ce que cela te regarde ?

JOSEPH, avec un rire niais.

Monsieur, je ne vous l'ai pas demandé.

CHAVAROL.

C'est juste ! D'ailleurs, je ne suis pas fier !... (Allant prendre son chapeau sur une chaise.) Allons ! mets le couvert. (Joseph vient à la table.) J'attends ces dames à déjeuner. Que tout soit propre, rangé , soigné... Je veux que ma belle-maman trouve en moi un homme de ménage.

JOSEPH.

Bien, monsieur !... soyez tranquille...

CHAVAROL.

Je vais leur chercher quelque friandise pour le dessert. (En sortant.) Oh! les robes à queue !

ENSEMBLE.

AIR :

Ah ! quand donc finira,
Et quand donc passera
Cette mode
Incommode !
Qui nous délivrera
De cette mode-là,
Non cœur le bénira !

(Chavarol sort par le fond.)

SCÈNE III

JOSEPH , puis ATHÉNAIS.

JOSEPH, seul, mettant le couvert, et plaçant sur la table
un pâté, une volaille froide, des hors-d'œuvre, qu'il prend dans le buffet.

Un mariage manqué... pour une robe à queue !... Voilà de
ces choses qu'on ne croirait pas... quand même on les verrait
de ses propres yeux. (Il range sur la table.)

ATHÉNAIS, entrant par le fond et tenant à la main un bougeoir éteint.

D'un ton triste.

Bonjour, monsieur Joseph !

JOSEPH.

Tiens ! c'est la petite couturière qui est emménagée d'hier
dans la maison.

ATHÉNAIS.

Je vous rapporte la bougie que vous avez bien voulu me
prêter hier au soir. (Elle va poser le bougeoir sur la cheminée.)

JOSEPH, tout en mettant le couvert.

Il ne fallait pas vous déranger. Eh bien ! comment vous trou-
vez-vous dans votre nouveau logement ?...

ATHÉNAIS, avec un soupir.

Ah ! monsieur Joseph... je me trouve mal partout !

JOSEPH.

Vous vous trouvez mal... Est-ce que vous êtes malade ?

ATHÉNAIS.

Non... j'ai des chagrins de cœur.

JOSEPH.

Oh ! mauvais... mauvais !... Et quel est l'être assez malfai-
sant ?...

ATHÉNAIS, avec dépit.

Un trompeur, un perfide, en qui j'avais placé toute ma con-
fiance...

JOSEPH.

Toute ? C'est beaucoup... c'est trop !...

ATHÉNAÏS.

C'était un peintre en paysages... Il avait envoyé quelques ta-
bleaux à l'exposition de Londres... il avait promis de m'y
mener...

JOSEPH, rangeant le couvert.

Ah ! c'était gentil de sa part, ça !

ATHÉNAÏS.

Oui, mais il est parti sans rien dire... Et depuis six mois je
n'en ai pas eu de nouvelles.

JOSEPH.

Ah !... ça, c'est moins gentil !...

ATHÉNAÏS.

Le gredin !... le scélérat !... Ah ! si jamais je le rattrape !...

JOSEPH, allant à elle.

Oui, je comprends... mais enfin, il ne faut pas vous désoler
pour ça... S'il est allé à Londres... il en reviendra probable-
ment... et, en attendant, si j'osais, comme voisin, vous offrir
quelques consolations... (Il veut lui prendre la taille.)

ATHÉNAÏS, tristement, et passant à droite.

Merci ! monsieur Joseph.

JOSEPH.

Il n'y a pas de quoi !

ATHÉNAÏS.

J'ai trop de chagrin... je vais partir ce soir pour chez ma
tante et y passer huit jours...

JOSEPH.

Votre tante est en province ?...

ATHÉNAÏS.

A Nanterre...

JOSEPH.

Pays des gâteaux et des rosières...

ATHÉNAÏS, d'un ton naturel.

Oh ! ce n'est pas pour ça !...

JOSEPH, avec malice et entre ses dents.

Je suppose.

ATHÉNAÏS, remontant et d'un ton triste.

Au revoir, monsieur Joseph... je vais travailler jusqu'à ce
soir en pleurant.

JOSEPH.

Il vaudrait mieux chanter !...

ATHÉNAÏS.

Je vous dirai adieu en partant.

JOSEPH.

Ça me fera plaisir...

ATHÉNAÏS, en sortant, et d'un ton de colère.

Ah ! voyez-vous, monsieur Joseph, tous les peintres ensemble, ça ne vaut pas six sous ! (Elle sort.)

SCÈNE IV

JOSEPH, puis CHAVAROL.

JOSEPH, seul.

Il y en a pourtant qui se vendent plus cher !... Après ça, un peintre en paysages... il n'est pas étonnant qu'il aime à courir... pour varier ses points de vue... (Regardant sur la table.) N'ai-je rien oublié?... Non, ma foi, tout y est bien !...

CHAVAROL, tenant une pâtisserie dans du papier maculé de boue. — Entrant gaiement.

Ça y est!... ça n'a pas manqué!... Encore une!... Encore une !...

JOSEPH, se retournant.

Quoi, monsieur ?

CHAVAROL.

Ça ne te regarde pas. (Au public, très-gaiement.) Comme je sortais de chez Julien... avec ma tarte aux ananas... Je sens sur ma main une goutte de pluie... Je lève le nez pour regarder le ciel... Crac!... un cri !...

JOSEPH, qui écoute.

Un cri?

CHAVAROL.

Je ne te parle pas ! (Au public, gaiement.) Celui d'une robe... (Il traverse à gauche en imitant du geste une robe qui traîne.) qui marchait devant moi... en faisant son petit métier... avec son balai en gros de Naples... d'une aune de longueur...

JOSEPH, à droite, un peu en arrière.

Ah ! monsieur !...

CHAVAROL, sans s'occuper de Joseph.

La déchirure était majeure !... Je m'excuse... Il faut toujours s'excuser... auprès du beau sexe... même quand on
n'a pas tort... Et tandis que la dame... entre dan, une allée
pour épingler son accident... son cavalier...

JOSEPH.

Il y avait un cavalier?

CHAVAROL.

Vas-tu me laisser tranquille ? (Reprenant, et au public.) son
cavalier me lance de loin une bordée d'apostrophes... que je
n'ai pas entendues... grâce au bruit des voitures !... Mais en
courant pour m'éloigner, j'ai laissé tomber ma pâtisserie... (A
Joseph.) Il y a du madacam... tu la brosseras... (Il la lui donne.)

JOSEPH, allant poser la tarte sur la console.

Ah ! monsieur... quel malheur !...

CHAVAROL.

Quoi ?... la tarte ?...

JOSEPH.

Non... la robe !...

CHAVAROL, gaiement et riant.

Bah !... tant pis !... c'est leur faute !...

JOSEPH, entraîné.

Au fait, oui ! c'est leur faute !... (A demi voix, et avec un sourire malin.) Et puis, monsieur, au milieu de tous leurs inconvé-
nients, ces longues robes en ont un... qui est surtout pénible...

CHAVAROL.

Lequel ?...

JOSEPH, hésitant.

'Celui de cacher... les chevilles...

CHAVAROL, avec une sévérité comique.

Joseph... arrêtez-vous ! (Montrant les objets de toilette à gauche.) Et emporte tout cela. (Joseph sort un moment à gauche et y
dépose la cuvette, etc. — Regardant sur la table.) Voyons, le couvert
est-il mis?... Oui, oui... les olives... les petits radis... le
beurre frais !... C'est très bien... ça a un œil !... Ma belle maman et ma future seront contentes... (Prêtant l'oreille. — Joseph
rentre de la gauche.) J'entends monter... ce sont elles... (La porte
s'ouvre, on voit entrer un monsieur et une dame inconnus. La dame
tient un pli de sa robe relevé.)

SCÈNE V

CHAVAROL, DUBOULOIS, ÉVÉLINA, JOSEPH [1].

(Duboulois est en costume de fantaisie excentrique, mais élégant. Evélina, robe traînante, petit chapeau matador.)

DUBOULOIS, sur le seuil, en voyant Chavarol.

C'est bien ici !

CHAVAROL, à part.

Ah ! diable !... la robe piétinée... et son cavalier !...

DUBOULOIS, d'une voix brève.

Monsieur Chavarol, s'il vous plaît ?

CHAVAROL.

C'est moi, monsieur.

DUBOULOIS, se nommant.

Alfred Duboulois... artiste peintre...

CHAVAROL.

Je n'ai pas l'honneur...

DUBOULOIS.

Monsieur.... vous avez tout à l'heure marché sur la robe de madame....

CHAVAROL, jouant l'étonnement.

Comment ! c'est madame?... Je lui ai fait mes excuses... (A Evélina.) Je les lui renouvelle... (Hésitant.) Quoiqu'à vrai dire...

DUBOULOIS.

Ne vous adressez pas à madame... madame est étrangère... elle ne vous comprendrait pas...

CHAVAROL.

Ah !... madame est?...

ÉVÉLINA, avec un peu d'accent.

Je ne comprenais pas beaucoup... (Montrant sa robe.) Mais vous avez déchiré... beaucoup....

---

[1] Joseph, Evélina, Duboulois, Chavarol.

DUBOULOIS. Il regarde alternativement Chavarol et Joseph, attendant
  que l'on offre un siége, puis lui montrant une chaise à gauche.

Asseyez-vous, Évelina!...

(Elle s'asseoit; il attend qu'on lui offre une chaise, puis il va la prendre au fond.)

JOSEPH, bas à Chavarol.

Ils vont s'asseoir!...

CHAVAROL.

Laisse-nous!...

JOSEPH, en sortant, par la droite, à part.

Oh! les robes à queue!...

SCÈNE VI

CHAVAROL, DUBOULOIS, ÉVÉLINA, assise [1].

CHAVAROL, voyant que Duboulois s'apprête à s'asseoir. Contrarié.
Monsieur?...

DUBOULOIS, s'asseyant.

Monsieur, quand, après votre maladresse, vous vous êtes enfui.

CHAVAROL, protestant.

Je ne me suis pas enfui, monsieur... j'ai passé mon chemin.

DUBOULOIS, reprenant.

Quand, après votre maladresse, vous vous êtes enfui...
(Mouvement d'humeur de Chavarol.) Je vous ai fait suivre par un
décrotteur... Votre portier m'a appris votre nom et votre étage.

CHAVAROL.

Cela n'a rien de surprenant... il les connaît... mais je...

DUBOULOIS, l'interrompant.

Monsieur, pendant que vous fuyiez...

CHAVAROL, se montant.

Mais encore une fois, monsieur, je ne fuyais pas... saperlotte!...

DUBOULOIS.

Pas de mots déplacés, il y a une dame!...

ÉVÉLINA.

Oh! je comprenais pas saperlotte.

[1] Evélina, Duboulois, Chavarol.

DUBOULOIS.

Pendant, dis-je, que vous vous sauviez... (Geste d'humeur de Chavarol.) je vous ai traité de butor et de maladroit... vous ne m'avez pas répondu.

CHAVAROL, s'asseyant aussi.

Monsieur, je suis bien aise de vous dire que le bruit des voitures a couvert votre voix. Et puis d'ailleurs, que vouliez-vous que je vous répondisse ?

DUBOULOIS.

Vous pouviez me répondre que j'étais un impertinent... mais alors, j'aurais vu ce que j'avais à faire...

CHAVAROL, à part.

Diable !... (Haut.) Monsieur, je vous prie de croire que je connais trop bien le langage de la politesse pour employer de pareils adjectifs...

DUBOULOIS.

C'est donc à dire, monsieur, que moi je ne le connais pas ?

CHAVAROL, impatienté, se levant.

Au fait, monsieur... en voilà assez... La robe est déchirée... c'est un malheur... J'attends du monde, et...

DUBOULOIS, qui s'est levé aussi.

Monsieur... (Voyant qu'Evélina s'est levée aussi.) Restez assise, Évélina.

CHAVAROL, avec une vive impatience.

Ah !...

DUBOULOIS.

Monsieur !... Madame a provisoirement rattaché avec des épingles l'accroc produit par votre maladresse...

ÉVÉLINA, montrant la déchirure et passant au milieu[1].

C'était une grosse accroc !...

CHAVAROL.

Je le déplore... mais, franchement... à qui la faute ?... Pourquoi porter des robes de cette longueur-là ?... (Il remonte.)

ÉVÉLINA.

Oh ! pourquoi ?

DUBOULOIS.

Ne répo.dez pas, Évélina. (A Chavarol.) Pourquoi, monsieur ? mais tout simplement parce que c'est la mode !

[1] Duboulois, Evélina, Chavarol.

CHAVAROL, redescendant au milieu 1.

La mode! la mode!... Ah! voilà le grand mot!... Plus une chose est ridicule, incommode, extravagante...

DUBOULOIS.

Extravagante?... Prenez garde, monsieur, vous insultez nos grand'mères!...

CHAVAROL, étonné.

J'insulte ma grand'mère?...

DUBOULOIS.

Car nos grand'mères portaient aussi des robes à queue!...

CHAVAROL.

Alors, monsieur, que nos dames sortent en chaises à porteur, comme nos grand'mères... Qu'elles se fassent suivre de petits laquais pour soutenir leurs robes.

ÉVÉLINA.

Petits loquais?

DUBOULOIS.

Silence, Évélina!

CHAVAROL, continuant et s'animant.

Car il n'y a plus moyen aujourd'hui de faire un pas dans la rue, de se promener, d'aller à ses affaires, de regarder le temps qu'il fait sans s'exposer à marcher sur une robe et à se faire des querelles, à se couper la gorge avec son champion!

EVÉLINA.

Champignon?

DUBOULOIS, 2 passant au milieu.

Ne répondez pas, Evélina... et asseyez-vous. — (Elle s'assied sur la chaise qui est près de la table.)

CHAVAROL, à lui-même.

Et ma belle-mère qui d'un moment à l'autre... (Voyant Evélina qui croque machinalement une olive qu'elle prend sur la table.) Elle croque mes olives!

DUBOULOIS, à Chavarol.

A mon tour, monsieur... Voici ce que j'ai à vous déclarer: — Lady Evélina Tikton est anglaise.. Je l'ai ramenée de l'exposition de Londres où j'étais allé exposer quelques paysages...

1 Duboulois, Chavarol, Évélina.
2 Chavarol, Duboulois, Evélina.

CHAVAROL, à part, ennuyé.

Qu'est-ce que ça me fait ?

DUBOULOIS, continuant

Son mari sir Tikton...

EVÉLINA, étonnée.

Mon *méri ?*

DUBOULOIS.

Taisez-vous, Evélina. (Elle mange encore une olive.)

CHAVAROL, à part.

Elle croque encore mes olives !

DUBOULOIS, reprenant.

Son mari, sir Tikton, a bien voulu me la confier pour lui faire visiter Paris... J'ai fidèlement rempli ma mission... et je la conduisais au chemin de fer qui doit la ramener à Boulogne ou sir Tikton l'attend... les malles de madame sont parties d'avance... nous allions, avant l'heure du départ, déjeuner chez Vachette... lorsque votre gaucherie...

CHAVAROL.

Combien de fois faut-il vous répéter...

DUBOULOIS.

C'est vous dire, monsieur, que madame est à jeun... (Il regarde la table.)

CHAVAROL, inquiet, à part.

Est-ce qu'il aurait l'intention ?.. (Voyant Evélina.) Elle croque mes radis !..

DUBOULOIS.

Et qu'en outre, ses malles étant parties pour Boulogne... elle ne peut changer de toilette.. De mon côté, je ne dois pas.. je ne veux pas renvoyer madame à son mari.. avec un accroc pareil. Donc, il s'agit de réparer le dégât !

CHAVAROL, stupéfait.

Réparer ?..

EVÉLINA, se levant.

Oh !. yes !.

DUBOULOIS.

Et vivement !

CHAVAROL.

Monsieur.. prétendriez-vous me prier de faire moi-même une reprise à cette étoffe ?..

DUBOULOIS.

Si vous ne la faites pas vous-même... vous la ferez faire, je ne
sors pas d'ici que la robe ne soit raccommodée !.

CHAVAROL, à part.

Sapristi !... Et ma belle-mère qui va venir !..

DUBOULOIS.

Allons !. allons !. monsieur... nous sommes pressés... nous
sommes à jeun... (Il regarde la table.)

CHAVAROL, inquiet.

Diable !.. (Se résignant malgré lui.) Allons !. c'est le plus court
moyen pour me débarrasser d'eux !. (Il sonne et appelle) Joseph !
(Joseph entre par le fond.)

SCÈNE VII

LES MÊMES, JOSEPH [1].

DUBOULOIS, à Chavarol.

Sait-il coudre ?..

CHAVAROL.

Je ne pense pas ; mais il va aller chercher une couturière
dans le voisinage.

JOSEPH.

Une couturière ? Il y en a justement une emménagée d'hier
au sixième.

CHAVAROL.

Au sixième !.. comme ça se trouve !.. Monsieur, madame,
vous n'avez qu'à monter !.

DUBOULOIS.

Faire monter madame au sixième !.. mais vous n'y pensez
pas... Envoyez chercher cette ouvrière..

CHAVAROL, crispé, à part.

Oh !!! (haut à Joseph.) va ! allons va.. (à lui-même.) C'est inouï !.

[1] Chavarol, Joseph, au fond, Duboulois, Evélina.

JOSEPH, qui remontait pour sortir, s'arrêtant sur le seuil.

Ah!. tenez... la voilà justement qui descend l'escalier...

CHAVAROL.

Appelle-la !. (à lui-même, avec impatience.) Finissons-en, mon
Dieu !.

JOSEPH, sur la porte, appelant mademoiselle Athénaïs.

Mademoiselle Athénaïs !. (Il disparait un moment.)

DUBOULOIS, qui regarde au dehors, effrayé, à part.)

Athénaïs !. ah ! diable!. Athénaïs !. ma couturière!.. (Il traverse vivement et va à droite près du buffet, tournant le dos à la porte.)

SCÈNE VIII

LES MÊMES, ATHÉNAIS [1].

JOSEPH, amenant Athénaïs.

Venez, mamzelle.. Il y a ici de l'ouvrage pour vous.

ATHÉNAÏS.

De l'ouvrage?..

DUBOULOIS, sans se retourner à part.

C'est bien elle!..

CHAVAROL, à Athénaïs.

Une reprise perdue.. à la robe de madame.. Dépêchez-vous..
(Désignant Duboulois qui tourne le dos.) Monsieur est très-pressé...
(de loin à Duboulois.) n'est-ce pas ?

DUBOULOIS, sans se retourner.

Oui !. oui !..

EVÉLINA, montrant à Athénaïs sa déchirure.

Voyez un petit peu !.

ATHÉNAÏS.

Oh !.. quel accroc !. Je ne pourrai jamais raccommoder. cela
sur vous. — Il faut que madame ôte sa robe.

EVÉLINA, se récriant.

Oter ma robe !..

[1] Chavarol, Joseph, au fond, Athénaïs, Évélina, Duboulois.

CHAVAROL, protestant.

Par exemple !..

EVÉLINA.

Je voulais pas devant ce gentleman !.. (faisant entrer vivement Athénaïs dans la chambre de gauche.) Venez vite dans ce chambre ! (Elle va pour la suivre.)

CHAVAROL, se récriant et voulant la retenir.

Ma chambre !.

EVÉLINA, sur le seuil.

Je voulais pas ôter devant le gentleman !. (Elle entre et ferme la porte au verrou.)

CHAVAROL.

Sacrebleu !.

JOSEPH, stupéfait.

Elle y est !.

DUBOULOIS, à part.

Athénaïs ici !. n'attendons pas qu'elle reparaisse.. (Il sort par le fond.)

SCÈNE IX

CHAVAROL, JOSEPH.

CHAVAROL, à la porte de gauche.

Madame !.. madame !.. (Se retournant.) Monsieur.. vous avez vu... Eh bien !.. où est-il ?

JOSEPH, regardant de tous côtés.

Parti !

CHAVAROL, outré.

Parti !.. c'est gentil !.. et me voilà chez moi avec une Anglaise dans ma chambre... une anglaise en jupon blanc !.. Joseph ! cours... rattrape-le !..

JOSEPH.

Oui, monsieur... (Il court vers le fond.)

VOIX DE MADAME MARENDOCHE.

Au deuxième ?.. merci !.. merci, portier !..

JOSEPH, qui s'est arrêté.

Ah ! voici des dames.

CHAVAROL.

Ma belle-mère!... ma future, sapristi! (Il ôte la clé de la chambre.)

SCÈNE X

CHAVAROL, MADAME MARENDOCHE, ZOÉ [1].

(Les dames Marendoche ont des toilettes de province, de mode arriérée, mais sans charge. Chapeaux de forme ancienne; robes courtes, sans exagération, pas de crinolines.)

MADAME MARENDOCHE, entrant avec sa fille.

C'est nous, monsieur Chavarol... (Joseph sort.)

CHAVAROL saluant d'un air joyeux.

Ah! belle-maman... Ma charmante future... (Il avance une chaise à Zoé, madame Marendoche s'assied sur celle qui est près de la table.)

MADAME MARENDOCHE.

Nous sommes en retard, mon gendre... Je vais vous dire... nous nous sommes un peu perdues en venant chez vous....

CHAVAROL.

Est-il possible!... (à part.) Si elles avaient pu se perdre quelques minutes de plus!...

MADAME MARENDOCHE.

Il n'y a pas de mal... Cela nous a procuré le plaisir de parcourir plusieurs rues... et d'admirer les magnifiques étalages des magasins de Paris.

ZOÉ.

Ah! c'est bien plus beau qu'à Château-Chinon, maman!...

MADAME MARENDOCHE.

C'est splendide!... Cela donne l'envie de tout acheter!...

ZOÉ.

Surtout les magasins de nouveautés, maman!...

---

[1] Chavarol, Zoé, madame Marendoche.

CHAVAROL, préoccupé et regardant vers la chambre.

Oui !... C'est beau !... mais vous vous êtes égarées... Je vous avais proposé d'aller vous prendre à votre hôtel.

MADAME MARENDOCHE, se levant ainsi que Zoé.[1]

Y Pensez-vous ?... nous n'avons qu'une chambre à l'hôtel... Il n'eût pas été convenable...

CHAVAROL.

C'est juste !... (Regardant vers la chambre. A part.) Je suis sur les épines.

MADAME MARENDOCHE, passant à gauche.

A cette heure matinale surtout... où les soins de notre toilette...

CHAVAROL, les regardant et prenant le milieu [2].

Votre toilette ?... Permettez-moi de vous en faire mon compliment...

MADAME MARENDOCHE, sèchement.

Allons donc !...

CHAVAROL.

Ainsi qu'à mademoiselle...

ZOÉ, de même.

Vous vous moquez...

CHAVAROL.

A la bonne heure !... Voilà des robes !... Voilà ce que j'appelle des robes !! (A part.) On ne marchera pas dessus !

MADAME MARENDOCHE, un peu froidement.

Vous êtes méchant, mon gendre !

ZOÉ, piquée.

Monsieur est caustique...

CHAVAROL, protestant.

Non, parole d'honneur !... Je vous jure...

MADAME MARENDOCHE.

Taisez-vous, mauvais plaisant... nous sommes un peu arriérées, je le sais... Château-Chinon est fort en retard...

ZOÉ.

Et il est peu aimable à monsieur de nous le faire sentir par ses plaisanteries.

---

1 Chavarol, madame Marendoche, Zoé.
2 Madame Marendoche, Chavarol, Zoé.

CHAVAROL.

Mais, je vous atteste, mademoiselle...

MADAME MARENDOCHE d'un ton sec.

Assez!... nous comptons faire nos emplettes... nous mettre au courant du goût du jour... Et sitôt que nous aurons déjeuné... (Elle va vers la table.)

CHAVAROL, à part, très-troublé.

Déjeuner!... C'est impossible en ce moment!... Et mon Anglaise!...

MADAME MARENDOCHE.

Allons, mettons-nous à table...

CHAVAROL, vivement.

Pardon !

MADAME MARENDOCHE, remarquant son trouble.

Qu'avez-vous donc, mon gendre?... vous avez un air tout singulier...

CHAVAROL, s'efforçant de sourire.

Non!... Pardon... C'est que... comme vous avez l'intention d'aller faire des emplettes... J'ai pensé que vous pourriez avant... Le déjeuner n'est pas tout-à-fait prêt.

MADAME MARENDOCHE, étonnée en regardant la table.[1]

Pas tout-à-fait prêt ?... Comment!... Un pâté!... une volaille froide !

ZOÉ.

Et des hors d'œuvre!... J'adore les hors d'œuvre!...

CHAVAROL, troublé.

Oui, mademoiselle... mais j'attends un plat... Il y a un plat qu'on prépare... et vous m'obligeriez...

MADAME MARENDOCHE.

Allons!... vous avez fait des folies pour nous...

ZOÉ.

C'était inutile... nous mangeons à peine...

CHAVAROL, ne sachant plus que dire.

Pourtant...

---

1 Chavarol, madame Marendoche, Zoé.

MADAME MARENDOCHE.

Nous vous laissons à vos préparatifs gastronomiques... Nous allons visiter quelques magasins... Viens, ma fille.

ZOÉ, joyeuse prenant le bras de sa mère.

Ah ! oui, maman !... (Elles remontent.)

CHAVAROL, à part joyeux.

Je respire !...

MADAME MARENDOCHE, regardant l'appartement, tout en remontant, pour sortir.

Savez-vous, Alfred... que vous avez un petit appartement charmant !...

CHAVAROL.

Il n'est pas mal...

MADAME MARENDOCHE.

Ce n'est qu'à Paris qu'on meuble ainsi avec goût !... Ceci est votre salon ?...

CHAVAROL.

Un petit salon banal... J'y déjeune... j'y reçois le matin...

MADAME MARENDOCHE.

C'est très-bien !... (Indiquant la porte de droite.) Par là, le salon de cérémomie, sans doute ?...

CHAVAROL, contenant son impatience.

Oui, belle-maman... (A part.) Elles ne s'en iront pas !...

ZOÉ, au bras de sa mère.

Venez, maman... M. Alfred nous fera visiter tout cela quand nous reviendrons...

CHAVAROL, vivement.

Oui... oui... quand vous reviendrez...

MADAME MARENDOCHE.

A bientôt !... (Avisant la porte de gauche.) Et ceci, la chambre à coucher ?...

CHAVAROL, très-troublé.

Non ! Ceci... C'est... c'est un placard... Un simple placard... dont on a perdu la clé...

MADAME MARENDOCHE.

Ah !... (Elle va pour sortir avec sa fille.) Allons !... Adieu, mon gendre... Nous ne serons pas longtemps..

VOIX D'ÉVELINA, qui frappe et cherche à ouvrir la porte
de la chambre.

Oh !!., on avait fermé la porte !...

MADAME MARENDOCHE ET ZOÉ, s'arrêtant et se retournant
stupéfaites.

Hein !!!...

CHAVAROL, sursautant, à part.

Aïe ! ça ne pouvait pas manquer !...

MADAME MARENDOCHE.

Il y a quelqu'un là-dedans !!!...

CHAVAROL, perdant la tête.

Mais non !... personne !...

VOIX D'ÉVELINA, qui frappe pour se faire ouvrir.

Ouvrez !... c'était fini !...

MADAME MARENDOCHE, outrée.

Une femme !... Vous avez des femmes dans vos armoires !...
Monsieur !...

ZOÉ, pleurant.

Ah ! maman !... partons !...

CHAVAROL, perdant la tête et cherchant à les retenir.

Belle-maman !... Mademoiselle !... je vais tout vous dire... Un
accident !... Ce n'est pas pour moi !... Comme je revenais avec
ma tarte aux ananas...

MADAME MARENDOCHE, révoltée.

Que vient faire ici une tarte aux ananas ?... Vous moquez-
vous de moi, monsieur ?...

ZOÉ.

Allons-nous-en !...

CHAVAROL.

Laissez-moi achever...

MADAME MARENDOCHE.

Assez, monsieur !... Maître Prunier, mon notaire, ne m'a-
vait fourni sur vous que des renseignements incomplets...
Le hasard, grâce au Ciel, vient de les compléter...

CHAVAROL.

Mais...

ENSEMBLE.

AIR :

MADAME MARENDOCHE.

Partons, mon enfant,
Et pardonne à ta mère
L'aveuglement
Et l'erreur d'un moment !
Un hasard heureux
Nous sauve et nous éclaire :
Quittons ces lieux
Et cet homme odieux.

ZOÉ.

Partons à l'instant,
Éloignons-nous, ma mère ;
J'allais vraiment
Prendre un mari charmant.
Un hasard heureux
Nous sauve et nous éclaire :
Quittons ces lieux
Et cet homme odieux !

CHAVAROL.

Restez un instant,
Calmez votre colère,
Cet incident
N'a rien d'inconvenant.
Un hasard fâcheux
Vous trouble et vous altère :
D'un mot je veux
Me blanchir à vos yeux.

CHAVAROL, désespéré.

Et Duboulois qui n'est pas là !...

DUBOULOIS, paraissant sur le seuil.

Eh bien !... est-ce fini ?...

CHAVAROL, avec un cri de joie.

Ah ! le voici !...

SCÈNE XI

LES MÊMES, DUBOULOIS.

MADAME MARENDOCHE, au fond.

Sortons, ma fille.

CHAVAROL[1], remontant, vivement.

Un moment !... Voici monsieur qui va vous dire...

DUBOULOIS, saluant.

Que vois-je ? Une dame respectable... une jeune personne
en pleurs...

CHAVAROL.

C'est votre faute !... Cette dame... dans ma chambre...

DUBOULOIS.

Ah ! j'y suis...

MADAME MARENDOCHE.

Votre chambre !... ce n'est pas un placard ? De mieux en
mieux !...

CHAVAROL, résolûment.

C'est ma chambre !... Je ne crains plus rien !..., monsieur va
parler !... (A Dubóulois, en le faisant passer. Tout le monde redes-
cend la scène [2].) Ma future... ma belle-maman... riche propriétaire de Château-Chinon. (Haut.) Parlez ! mais parlez donc !...

DUBOULOIS.

Madame...

MADAME MARENDOCHE, très froidement.

Monsieur... je n'ai pas l'avantage...

DUBOULOIS, se nommant.

Duboulois... peintre de paysages.

ZOÉ, avec intérêt, à part.

Un peintre !...

CHAVAROL.

Il a exposé à l'exposition de Londres.

---

[1] Zoé, madame Marendoche, Chavarol, Duboulois.
[2] Zoé, madame Marendoche, Duboulois, Chavarol.

DUBOULOS.

Il est juste, madame, que je vous explique un incident qui a dû vous alarmer, ainsi que mademoiselle votre fille...

MADAME MARENDOCHE.

Comment, monsieur ?...

CHAVAROL.

Ecoutez-le... écoutez-le...

DUBOULOIS.

J'avoue que les apparences ont pu bien naturellement vous abuser...

MADAME MARENDOCHE.

Les apparences, monsieur ?...

DUBOULOIS.

Mais voici le fait dans sa simplicité...

CHAVAROL.

Ecoutez bien !

DUBOULOIS.

Je passais, ce matin, sur le boulevard, ayant à mon bras... une dame... une cousine... une cousine anglaise...

CHAVAROL, à part.

Sa cousine !... Je ne savais pas.

MADAME MARENDOCHE.

Continuez, monsieur...

DUBOULOIS.

Qnand tont à coup, un maladroit... (Bas, à Chavarol.) Je ne vous nomme pas.

CHAVAROL, bas.

Merci !...

DUBOULOIS, continuant.

Un de ces étourneaux... (Bas, à Chavarol.) Je ne vous nomme pas encore...

CHAVAROL, agacé.

Allez toujours !

DUBOULOIS, reprenant.

Un de ces étourneaux qui marchent le nez en l'air... sans regarder où ils posent le pied... posa lourdement le sien sur la robe de cette dame.

CHAVAROL.

Voilà !...

DUBOULOIS.

Il en résulta, vous pouvez le penser, une... lacération... fort grave,..

MADAME MARENDOCHE.

Je le crois.

DUBOULOIS.

Et ne sachant où conduire ma cousine pour faire réparer cet accident, je pensai à M. Chavarol...

CHAVAROL, le soufflant.

Un ami...

DUBOULOIS.

Un ami... qui a bien voulu prêter sa chambre...

MADAME MARENDOCHE.

Sa chambre?...

DUBOULOIS.

Et c'est parce que je connais sa moralité... que j'ai cru pouvoir accepter ce service.

CHAVAROL, bas, lui serrant la main.

Merci, Duboulois !

MADAME MARENDOCHE.

C'est différent !

DUBOULOIS.

Désolé, madame, que ce petit événement ait pu troubler un moment votre esprit... et... (Avec intention.) le cœur de mademoiselle.

CHAVAROL, à part.

Il est charmant !...

ZOÉ, à part.

Il s'exprime très-bien...

CHAVAROL, radieux [1].

Eh bien, belle-maman ?...

MADAME MARENDOCHE.

Mon gendre, je ne vous fais pas d'excuses... car vous conviendrez que les apparences...

CHAVAROL.

C'est vrai !... elles étaient contre moi...

[1] Zoé, madame Marendoche, Chavarol, Duboulois.

DUBOULOIS.

Elles étaient contre vous !...

MADAME MARENDOCHE, à Chavarol, lui tendant la main.

Sans rancune, mon gendre... (Passant à Duboulois, en riant [1].)
Délivrez votre cousine, monsieur. (A Chavarol.) Nous revenons
dans un quart d'heure... (Saluant, ainsi que Zoé.) Monsieur...

DUBOULOIS, saluant.

Madame... mademoiselle (A part.) Elle est très-bien, la petite
future...

ENSEMBLE.

AIR :

MADAME MARENDOCHE.

Comme il est aimable !
Comme il est galant !
Tournure agréable,
Langage élégant !
Près de lui, mon gendre
Est loin de briller,
Et ne peut prétendre
A lui ressembler.

ZOÉ.

Comme il est aimable !
Comme il est galant !
Tournure agréable,
Langage élégant !
Mon futur doit prendre,
S'il cherche à briller,
Le soin de prétendre
A lui ressembler.

DUBOULOIS.

Comme elle est aimable !
Quel air provoquant !
Tournure agréable,
Regard séduisant !
Dans son œil si tendre,
Quel feu doit briller
Quand on sait s'y prendre
Pour l'émoustiller.

[1] Chavarol, Zoé, madame Marendoche, Duboulois.

CHAVAROL.

Comme il est aimable !
Comme il est galant !
Oui, mais que le diable
L'emmène à présent !
Mon cher, tu vas prendre
Le soin de filer ;
Oui, sans plus attendre,
Tu vas t'en aller.

(Les dames sortent par le fond.)

SCÈNE XII

CHAVAROL, DUBOULOIS, puis ÉVÉLINA et ATHÉNAIS.

CHAVAROL.

Et maintenant, mon cher ami, vous allez me faire le plaisir d'emporter votre cousine anglaise. (Il tire la clé de sa poche et court à la porte de la chambre.)

DUBOULOIS.

Doucement !... Est-ce que la couturière ?...

CHAVAROL, sans l'écouter.

Oui !... non !... Est-ce que je sais ?...

VOIX D'ÉVELINA, frappant.

Voulez-vous ouvrir !...

CHAVAROL, ouvrant.

Voilà, madame... Vous pouvez sortir !

ÉVELINA, accourant vers Duboulois et lui montrant sa robe,
tandis qu'Athénaïs sort de la chambre.

Voyez, mon cher ami, comme c'était bien rebouché !

ATHÉNAÏS, reconnaissant Duboulois et jetant un cri.

Alfred Duboulois !...

DUBOULOIS.

Ah ! diantre !...

CHAVAROL, étonné.

Qu'est-ce qu'il y a ?...

.EVELINA.

Quoi ?

ATHÉNAÏS, allant à Duboulois, les bras croisés, et furieuse [1].

Ah ! vous voilà, monsieur ! (Montrant Evélina.) Et c'est là ce que vous me rapportez de l'exposition de Londres ?

DUBOULOIS.

Athénaïs !...

CHAVAROL.

Ils se connaissent !...

ATHÉNAÏS, saisissant un pan de robe d'Evélina.

Et vous me faites raccommoder ses chiffons, encore ! (Donnant de grands coups de ciseaux dans la robe.) V'lan ! v'lan ! v'lan !... Voilà comme je les raccommode !...

TOUS.

Ah !!!

(Chavarol tombe sur un siége. — Duboulois leve les bras au ciel. — Evelina étale et regarde avec stupéfaction ses immenses déchirures.)

ENSEMBLE.

Air :

CHAVAROL, DUBOULOIS, ÉVÉLINA.

Ah ! c'est odieux !
C'est affreux !
Pourquoi ce transport furieux ?
Pour un accroc en voilà deux !
C'est monstrueux !

ATHÉNAÏS.

Ah ! c'est odieux !
C'est affreux !
Et dans mon transport furieux,
Je devrais les frapper tous deux !
Oui ! tous les deux !

(Athénaïs sort par le fond.)

[1] Chavarol, Évélina, Athénaïs, Duboulois.

SCÈNE XIII

CHAVABOL, DUBOULOIS, ÉVELINA.

ÉVELINA.

Oh ! elle avait déchiré encore plus fort !...

DUBOULOIS.

C'est malheureux ! nous voilà encore cloués ici à perpétuité.

CHAVAROL, se levant, exaspéré.

A perpétuité ?...

DUBOULOIS.

Vous avouerez, monsieur, qu'il m'est impossible de renvoyer madame à Boulogne, dans un état pareil !

ÉVÉLINA.

Oh ! no !

CHAVAROL, prenant sa tête dans les mains et exaspéré.

J'avouerai tout ce qu'on voudra ! Que faut-il faire ?... Voulez-vous que je prête à madame un paletot, un pantalon ?

ÉVÉLINA.

Un pantalon !... Oh ! shoking !

DUBOULOIS.

Monsieur !.. Cette plaisanterie...

CHAVAROL.

Ah ! oui ! je suis bien en train de plaisanter !...

DUBOULOIS.

Il faut à madame une robe... une robe entière...

CHAVAROL.

Je n'en porte pas !

DUBOULOIS.

Mais on en vend ! (Fouillant à sa poche.) Voici cent francs !...

CHAVAROL.

Je n'en veux pas... Je vais en chercher une... Je connais dans le voisinage un magasin de confection... (Prenant son chapeau.) Je suis ici dans trois minutes !...

DUBOULOIS.

Eh bien !... vous n'avez pas la mesure de madame...

CHAVAROL.

Prendre mesure?... non !... Ça me prendrait du temps !... Je reviens... restez-là... ne bougez pas... (A lui-même, en sortant.) Ah ! les robes à queue !... (Il sort en courant.)

SCÈNE XIV

DUBOULOIS, ÉVÉLINA.

ÉVÉLINA.

Il est très complaisant cet M. Chavarol.

DUBOULOIS.

Oui... aussi complaisant que maladroit.

ÉVÉLINA.

Mais, disez-moi pourquoi ce petite couturière, il a été si méchant?

DUBOULOIS.

Des affaires de famille... Je vous conterai cela plus tard.

ÉVÉLINA.

Yes!... plus tard !... (Regardant la table.) Mais disez à moi, M. Duboulois... nous devions aller déjeuner... Et nous ne avons pas déjeuné.

DUBOULOIS.

Ce n'est pas ma faute... C'est celle de ce Chavarol... Nous irons déjeuner quand vous aurez votre robe...

ÉVÉLINA.

Oh ! c'était bien long-temps... Et puisque c'était la faute de ce monsieur Chavarol qui était si complaisant...

DUBOULOIS.

Eh bien?...

ÉVÉLINA, montrant la table.

Voilà un petit déjeuner qui était tout-à-fait confortable... (Elle va vers la table.)

DUBOULOIS.

Oui, mais... il n'est pas d'usage... en France... pour les gens bien élevés, de manger le déjeuner d'un monsieur que l'on ne connaît pas...

ÉVÉLINA,

Oh ! ce était dommage !... Ces petits olives, ils étaient très-bons, very well. (Elle avance la main.)

DUBOULOIS.

N'y touchez pas... Ce serait inconvenant... Et à moins d'être invité...

ÉVÉLINA, avec regret,

Oh !

SCÈNE XV

LES MÊMES, MADAME MARENDOCHE, ZOÉ.

(Les dames Marendoche sont vêtues à la dernière mode. — Robes traînantes, crinolines, petits chapeaux matador.)

MADAME MARENDOCHE, entrant avec sa fille.

Ah ! M. Duboulois !...

DUBOULOIS, saluant.

Mesdames !...

MADAME MARENDOCHE, désignant Evélina.

Madame votre cousine, sans doute ?...

ÉVÉLINA, étonnée, à part.

Cousine ?...

MADAME MARENDOCHE.

Soyez assez bon pour me présenter à elle...

DUBOULOIS.

Saluez, Évélina. (Elle fait la révérence. Présentant les dames.) Madame et mademoiselle Marendoche... riches propriétaires de Château-Chinon...

ÉVÉLINA, à part.

Chapeau-Chinois ?

MADAME MARENDOCHE.

Enchantée, madame... Eh! bien!... le petit accident est-il ré paré?...

DUBOULOIS.

Pas tout à fait... (Remarquant leurs toilettes.) Mais permettez-moi, madame, d'admirer les toilettes exquises que vous portez avec une grâce... toute parisienne...

MADAME MARENDOCHE, flattée.

Vous nous flattez, monsieur...

DUBOULOIS.

N'en croyez rien... Je suis artiste... et j'apprécie!...

ZOÉ, flattée.

Nous venons de chez Gagelin...

MADAME MARENDOCHE.

C'est là seulement que l'on trouve ce que l'élégance et le bon goût ont de plus distingué...

DUBOULOIS.

Ces petits chapeaux vous vont à ravir... Ces robes traînantes ont une noblesse...

MADAME MARENDOCHE, flattée.

Oui, cela donne un air de cour...

ZOÉ, à part.

Comme il est aimable!...

DUBOULOIS à Evélina.

Regardez donc, Évélina...

ÉVÉLINA, bas.

Je avais faim...

DUBOULOIS, vivement.

Taisez-vous.

MADAME MARENDOCHE, regardant autour d'elle.

Mais je n'aperçois pas mon gendre...

DUBOULOIS.

Il vient de sortir.

MADAME MARENDOCHE, offensée.

De sortir?... quand il savait que nous allions rentrer!...

ZOÉ.

Comme c'est galant!...

MADAME MARENDOCHE.

Et il n'ignore pas que nous sommes à jeun !...

ÉVÉLINA.

Et moi aussi !

DUBOULOIS, bas.

Taisez-vous, Évélina...

MADAME MARENDOCHE.

En vérité, ce monsieur Chavarol est, dans ses procédés, d'un laisser-aller...

ZOÉ.

D'une inconvenance...

MADAME MARENDOCHE.

Certes !... je me crois en droit, pour lui donner une leçon... de me mettre à table sans lui. Avez-vous déjeuné, monsieur Duboulois ?

DUBOULOIS.

Pas précisément, madame... mais...

ÉVÉLINA, vivement.

Je avais pas déjeuné du tout:...

MADAME MARENDOCHE.

Oh ! vraiment !... Alors, faites-nous le plaisir...

SCÈNE XVI

LES MÊMES, CHAVAROL[1].

CHAVAROL, entrant par le fond, essoufflé.

Ouf !. . me voici !... J'ai couru !...

MADAME MARENDOCHE.

C'est fort heureux !... nous allions nous mettre à tablé.

CHAVAROL.

Tout de suite, belle-maman... tout de suite. (A Duboulois, à demi-voix.) Dites donc, la robe est en bas, dans la chambre de la concierge.

---

[1] Évélina, Duboulois, Chavarol, madame Marendoche, Zoé.

DUBOULOIS.

Ah ! très-bien !... Allez changer de robe, Évélina...

ÉVÉLINA.

Mais je avais pas déjeuné !...

CHAVAROL.

Vous déjeunerez après... Dépêchez-vous...

(Evélina sort par le fond.)

SCÈNE XVII

LES MÊMES, moins ÉVÉLINA.

CHAVAROL, à Duboulois.

Vous pouvez la suivre... et partir dans cinq minutes pour Boulogne.

DUBOULOIS, à part, regardant Zoé.

C'est dommage !...

MADAME MARENDOCHE.

Vous allez donc nous quitter, monsieur... Vous n'oublierez pas que nous habitons Château-Chinon pendant la saison d'été.

DUBOULOIS.

Je n'aurai garde, madame.

ZOÉ.

Et qu'il y a des sites charmants pour un peintre en paysages.

DUBOULOIS.

Je sais, mademoiselle... que toutes sortes d'attraits m'y appelleront.

CHAVAROL, à part.

Tiens! tiens! tiens !...

DUBOULOIS, très-galamment.

Croyez bien, mesdames... que je garderai longtemps le souvenir de tant de grâces dans l'esprit... d'élégance dans la toilette...

MADAME MARENDOCHE, avec ironie.

Monsieur Chavarol n'a pas encore daigné s'apercevoir...

CHAVAROL.

Ah ! c'est vrai !... Pardon, je n'avais pas remarqué... — Vous
avez fait vos emplettes !... (Il passe entre elles deux [1].)

MADAME MARENDOCHE.

Vous voyez !

ZOÉ.

On sait se mettre au goût du jour.

CHAVAROL, entre ses dents et comme à lui-méme.

Oui, oui... des petits chapeaux... des casquettes...

MADAME MARENDOCHE et ZOÉ.

Des casquettes !!! (Elles s'éloignent de lui avec humeur.)

CHAVAROL, voyant traîner leurs robes.

Et des robes traînantes... des robes balayeuses...

MADAME MARENDOCHE et ZOÉ, outrées.

Balayeuses !... Monsieur !!!

CHAVAROL.

Dame !... c'est qu'avec cela on balaie le pavé.

MADAME MARENDOCHE.

Vous ne savez ce que vous dites !

DUBOULOIS.

Vous manquez totalement de goût !

ZOÉ.

On voit bien que monsieur n'est pas artiste !

CHAVAROL.

Allons, allons ! ne nous fâchons pas... et mettons-nous à
table... (Il remonte. Zoé passe près de sa mère.)

SCÈNE XVIII

LES MÊMES, JOSEPH.

JOSEPH, entrant par le fond.

Monsieur, on vient de remettre ceci chez le portier... pour
vous.

[1] Madame Marendoche, Chavarol, Zoé, Duboulois.

CHAVAROL, prenant la boîte à portrait, qui est enveloppée dans un papier.

Pour moi ?... De quelle part[1] ?

JOSEPH.

On ne l'a pas dit.

CHAVAROL, lisant la suscription.

« A M. Alfred... au deuxième. »

DUBOULOIS, à part.

Alfred ?

MADAME MARENDOCHE, à Chavarol.

Alfred ?... c'est bien pour vous[2].

CHAVAROL, ouvrant la boîte.

C'est pour moi... Mais c'est bien familier. (Regardant.) Un portrait.

MADAME MARENDOCHE, s'emparant de la boîte.

Un portrait de femme ?...

CHAVAROL.

Mais non !... il y a des culottes !

ZOÉ.

Qu'est-ce donc, maman ?

MADAME MARENDOCHE.

Un portrait défiguré... le visage haché, déchiqueté...

DUBOULOIS, regardant le portrait tenu par madame Marendoche et par Chavarol.

Méconnaissable !

MADAME MARENDOCHE.

Attendez !... il y a une dédicace ! (Lisant.) « Alfred à Athénaïs. »

DUBOULOIS, à part.

Ah! diable !

CHAVAROL, se frappant le front.

Ah! sapredié !... j'y suis !... (A Duboulois.) C'est pour vous

DUBOULOIS.

Hein ?

CHAVAROL.

Vous vous nommez Alfred ?

DUBOULOIS.

Ernest, monsieur... et non Alfred.

---

[1] Madame Marendoche, Zoé, Joseph, Chavarol, Duboulois.
[2] Zoé, madame Marendoche, Chavarol, Duboulois, Joseph au fond.

CHAVAROL.

Mais vous connaissez cette Athénaïs... cette couturière !

DUBOULOIS.

Une couturière !... Vous moquez-vous, monsieur ?... Je ne
fréquente pas ce monde-là !

CHAVAROL.

Oh !...

MADAME MARENDOCHE.

Ne répondez pas, monsieur Duboulois.

CHAVAROL.

Parbleu ! nous allons voir cela !... cette ouvrière demeure
dans la maison... Cours la chercher, Joseph.

JOSEPH.

Monsieur, il y a un quart-d'heure qu'elle est partie pour
Nanterre. (Il sort à droite.)

CHAVAROL.

Oh !... oh !! oh !!!

DUBOULOIS.

Inutile de nier, monsieur...

MADAME MARENDOCHE.

C'est trop d'aplomb !

ZOÉ.

C'est une indignité !... (Elle lui tourne le dos et s'éloigne.)

CHAVAROL, la suivant.

Mais je vous jure, mademoiselle... (Il marche sur sa robe.)

ZOÉ, jetant un cri.

Ah ! maladroit !!!

CHAVAROL.

Dieu !!! (Allant à madame Marendoche, qui s'éloigne de lui.) Belle-
maman... soyez persuadée... (Il marche sur sa robe.)

MADAME MARENDOCHE, jetant un cri.

Ah ! godiche !!!

(Elle remonte au fond, ainsi que Zoé, en regardant si leurs robes sont
déchirées.)

CHAVAROL, désolé, levant les bras au ciel.

Ah !!! que voulez-vous ?... Elles sont trop longues !... beaucoup trop longues !...

SCÈNE XIX

Les Mêmes, ÉVÉLINA.

ÉVÉLINA, rentrant par le fond, en robe très-courte.

Oh ! elle était trop courte !... beaucoup trop courte !...

CHAVAROL.

Eh !... cela fait compensation !... (Evélina va à Duboulois et lui montre sa robe.)

MADAME MARENDOCHE, redescendant, très-animée, à Duboulois[1].

Monsieur !... monsieur !... oserai-je réclamer l'appui de votre bras pour nous ramener à l'hôtel ?

DUBOULOIS, avec empressement.

Et même... beaucoup plus loin, belle dame !

ÉVÉLINA.

Oh !... vous laissez-moi ?

DUBOULOIS.

Des affaires de famille...

ÉVÉLINA.

Ce était pas gentleman !

DUBOULOIS.

C'est vrai !... (Montrant Chavarol.) Mais voici monsieur... qui est gentleman... Il aura l'extrême obligeance de vous reconduire au chemin de fer.

CHAVAROL.

Oui !... cela me manquait !...

DUBOULOIS, offrant le bras aux deux dames.

Mesdames... [2]

MADAME MARENDOCHE, au bras de Duboulois, ainsi que Zoé.

A Chavarol.

Adieu, monsieur... adieu !... Je remercierai maître Prunier de son heureuse intervention !

(Elles sortent au bras de Duboulois.)

[1] Chavarol, Évélina, madame Marendoche, Zoé, Duboulois.
[2] Chavarol, Zoé, madame Marendoche, Duboulois, Évélina.

SCÈNE XX

CHAVAROL, ÉVÉLINA, puis JOSEPH.

CHAVAROL, remontant et à la cantonade.

Madame, mille regrets!... (A lui-même.) Les robes à queue
l'ont voulu!... (Il se trouve près de la porte, face à face avec Evélina,
qui est remontée aussi.)

ÉVÉLINA.

Vous conduisez moi ?

CHAVAROL.

Oui, signora.(Allant à la table, côte droit.) Mais déjeunons d'abord.

ÉVÉLINA, allant aussi à la table, côté gauche.)

Oh! yes!...

CHAVAROL, debout et prêt à s'asseoir.

Et après, je vous expédie à Boulogne.., à sir Tikton, votre mari.

ÉVÉLINA.

Mon méri?... je avais pas...

CHAVAROL, surpris.

Ah?... (La regardant en souriant, à part.) Tiens!... Tiens!...
(Haut.) Donnez-vous donc la peine de vous asseoir. (Ils s'as-
seyent. Appelant.) Joseph! la tarte!...

JOSEPH, entrant et posant la tarte.

La voilà, monsieur, je l'ai brossée!...

ÉVÉLINA, s'en coupant un large morceau.

Oh!... very good!...

ENSEMBLE.

Air :

Destin
Bénin,
Exauce $\begin{Bmatrix} mon \\ son \end{Bmatrix}$ fervent refrain !
« Sur $\begin{Bmatrix} mon \\ son \end{Bmatrix}$ chemin,
» Plus de balayeuses ! »
Robes montrant
Un pied mignon, leste et fringant,
Seront vraiment
Bien plus gracieuses !...

1 Chavarol, Zoé, Duboulois, madame Marendoche, Évélina.

FIN.

VERSAILLES.—IMPRIMERIE CERF, 59, RUE DU PLESSIS